I PICCOLI G

I Piccoli Grandi Libri Garzanti

Ultimi titoli pubblicati:

Arendt, *Che cos'è l'autorità?*
Capote, *Il Giorno del Ringraziamento*
Capote, *Viaggi in Italia*
Čechov, *Nel burroneg*
D'Arzo, *Casa d'altri*
Deledda, *Il dono di Natale*
De Roberto, *La paura*
Dickinson, *Il cuore che portavo dentro il mio*
García Lorca, *Poeta a New York*
Gobetti, *Resistere al fascismo*
Gramsci, *La scuola è vita*
Joyce, *I morti*
Kafka, *I baci scritti non arrivano mai*
Lovecraft, *L'orrore di Dunwich*
Marshall, *Israele e Palestina. La mappa che spiega la guerra*
Matteotti, *Quando si porta una speranza nel cuore*
Mörike, *Mozart in viaggio verso Praga*
Orwell, *Memorie di un libraio*
Pavese, *Il desiderio mi brucia*
Poe, *La caduta della casa degli Usher*
Pulitzer, *Il bravo giornalista*
Savinio, *Capri*
Wilde, *Il Principe felice*

GEORGE ORWELL

LA LIBERTÀ IN PERICOLO

Traduzione di
GIUSEPPE MAUGERI

Garzanti

I edizione: luglio 2024

IL LIBRAIO.IT

il sito di chi ama leggere

Traduzione dall'inglese di
Giuseppe Maugeri

Titoli originali delle opere:
Fascism and Democracy
Literature and Totalitarianism
Looking Back on the Spanish War
Review of «Mein Kampf» by Adolf Hitler
Review of «The Great Dictator» by Charlie Chaplin

ISBN 978-88-11-01318-1

Printed in Italy

www.garzanti.it

LA LIBERTÀ IN PERICOLO

FASCISMO E DEMOCRAZIA

Uno dei passatempi più semplici al mondo è quello di smascherare la democrazia. In questo paese si è praticamente smesso di considerare le argomentazioni reazionarie contro il governo popolare, ma negli ultimi vent'anni la democrazia «borghese» è stata attaccata in maniera molto più subdola tanto dai fascisti quanto dai comunisti, ed è estremamente significativo che entrambe le parti, benché apparentemente ostili, lo abbiano fatto per gli stessi motivi. È vero che i fascisti, con i loro metodi di propaganda più sfacciati, quando fa loro comodo usano l'argomento aristocratico secondo cui la democrazia «porta al potere gli uomini peggiori», ma la tesi di base di tutti gli apologeti del totalitarismo è che la democrazia è una frode. L'assunto è che non sia altro che una copertura per il dominio di ristretti manipoli di uomini ricchi. Il che non è del tutto falso e, meno ancora, lo è palesemente; al contrario, sono più le cose da dire a favore di questa tesi che contro. Uno studente di sedici anni può attaccare la democrazia molto meglio di quanto potrebbe difenderla. E non è possibile rispondergli se non si conosce la «tesi» antidemocratica e non si è disposti ad ammettere che contiene una dose consistente di verità.

Tanto per cominciare, una delle critiche che vengono mosse alla democrazia «borghese» è il fatto di essere neutralizzata dalla disparità economica. A cosa serve la cosiddetta libertà politica a chi lavora dodici ore al giorno per tre sterline a settimana? Ogni cinque anni gli viene offerta la possibilità di votare per il suo partito preferito, ma per il resto del tempo qualsiasi dettaglio della sua vita è praticamente imposto dal datore di lavoro. E, nella pratica, anche la sua vita politica è determinata. La classe agiata può detenere il controllo di tutti gli incarichi ministeriali e ufficiali più importanti e manipolare il sistema elettorale a proprio favore corrompendo l'elettorato, direttamente o meno. Anche quando per chissà quale disgrazia arriva al potere un governo che rappresenta le classi più povere, di solito i ricchi possono ricattarlo minacciando di portare i capitali all'estero. La cosa più importante è che quasi tutta la vita culturale e intellettuale della comunità – giornali, libri, istruzione, film, radio – è controllata da uomini facoltosi che hanno tutte le motivazioni per impedire la diffusione di determinate idee. Il cittadino di un paese democratico è «condizionato» fin dalla nascita, in maniera meno rigida ma non per questo meno efficace di quanto lo sarebbe in uno stato totalitario.

E non esiste alcuna certezza del fatto che il dominio di una classe privilegiata possa essere infranto con mezzi puramente democratici. In linea teorica, un governo laburista potrebbe entrare in carica con una maggioranza netta e procedere subito all'instaurazione del socialismo tramite una legge del parlamento. Nella pratica, però, le classi abbienti si ribellerebbero, probabilmente con successo, perché avrebbero dalla loro la maggior parte dei funzionari permanenti e gli uomini chiave delle forze armate. I metodi democratici sono praticabili solo dove esiste una base abbastanza ampia di accordo tra tutti i partiti politici. Non c'è alcun motivo valido di pensare che sia possibile raggiungere pacificamente un cambiamento davvero sostanziale.

Inoltre, si dice spesso che l'intera facciata della democrazia – libertà di parola e di assemblea, sindacati indipendenti e via discorrendo – crollerà non appena le classi agiate non saranno più in grado di fare concessioni ai subalterni. La «libertà» politica, si dice, non è che una forma di tangente, un surrogato incruento della Gestapo. È un dato di fatto che i paesi che definiamo democratici sono solitamente paesi prosperi – nella maggior parte dei casi, sfruttano manodopera di colore a basso costo, direttamente o no – e anche che la democrazia, per come la conosciamo, non è mai esistita tranne che nei paesi marittimi o montuosi, in quei paesi, cioè, che possono difendersi senza necessitare di un enorme esercito permanente. La democrazia accompagna, e probabilmente esige, condizioni di vita favorevoli; non ha mai prosperato in paesi poveri e militarizzati. Private l'Inghilterra della sua posizione protetta, si dice, e l'Inghilterra ritornerà immediatamente a metodi politici barbari quanto quelli della Romania. Inoltre, qualsiasi governo, democratico o totalitario, si basa in ultima analisi sulla forza. Nessun governo, a meno che non intenda mostrarsi complice del proprio rovesciamento, può permettersi il minimo rispetto per i «diritti» democratici quando è posto davanti a una grave minaccia. Un paese democratico che combatte una guerra disperata è costretto, proprio come un'autocrazia o uno stato fascista, a reclutare soldati, costringere al lavoro, imprigionare i disfattisti, sopprimere giornali sediziosi; in altri termini, può salvarsi dalla distruzione solo cessando di essere democratico. I principi per cui si suppone debba combattere vengono immancabilmente rottamati non appena la battaglia ha inizio.

Questa, in estrema sintesi, è l'accusa mossa alla democrazia «borghese» sia dai fascisti sia dai comunisti, anche se con enfasi differente. Pur dovendo ammettere che i singoli punti contengono molte verità, in definitiva risulta falsa, perché chiunque sia cresciuto in un paese democratico sa quasi istintivamente che c'è qualcosa di sbagliato in tutte queste argomentazioni.

E di sbagliato, in questo smascheramento familiare della democrazia, c'è che non riesce a spiegare la totalità dei fatti. Le reali differenze nella temperie sociale e nel comportamento politico tra un paese e l'altro sono molto più marcate di quanto possa spiegare una qualsiasi teoria che consideri leggi, costumi, tradizioni e così via come semplici «sovrastrutture». Sulla carta, è molto semplice dimostrare che la democrazia è «tale e quale» al totalitarismo (se non «altrettanto pessima»). Ci sono campi di concentramento in Germania, è vero, ma ce ne sono anche in India. Gli ebrei sono perseguitati ovunque sia in auge il fascismo; e che dire delle leggi razziali in Sudafrica? L'onestà intellettuale è un crimine in qualsiasi paese totalitario, ma nemmeno in Inghilterra è così vantaggioso dire e scrivere la verità. Questi parallelismi possono estendersi all'infinito. Ma l'argomentazione implicita su tutta la linea è che una differenza di grado non è una differenza. È assolutamente vero, per esempio, che nei paesi democratici esiste una forma di persecuzione politica. Tuttavia, bisogna chiedersi in che misura. Quanti rifugiati sono scappati dalla Gran Bretagna, o da tutto l'impero britannico, negli ultimi sette anni? E quanti dalla Germania? Quanti individui che conoscete personalmente sono stati picchiati con manganelli di gomma o costretti a ingoiare litri di olio di ricino? Quanto pensate sia pericoloso entrare nel pub più vicino ed esprimere la vostra opinione sul fatto che questa è una guerra capitalista e che dovremmo smettere di combattere? Potete citare qualcosa, nella recente storia britannica o americana, di paragonabile alle grandi purghe, ai processi ai trockijsti russi, al pogrom seguito all'assassinio di vom Rath?[1] Sarebbe possibile stampare un articolo equivalente a quello che sto scrivendo in qualsiasi paese totalitario, rosso, bruno o nero che sia? Il «Daily Worker» è stato appena soppresso, ma dopo dieci anni di vita, mentre a Roma, a Mosca o a Berlino non sarebbe sopravvissuto dieci giorni. E negli ultimi sei mesi della sua vita la Gran Bretagna non era soltanto in guerra, ma versava in una situazione

[1] Ernst Eduard vom Rath (1909-1938) diplomatico tedesco. Il suo assassinio da parte di un ebreo polacco fu usato come pretesto dal Partito nazista per scatenare il pogrom della «Notte dei cristalli».

più disperata di qualsiasi altra dai tempi di Trafalgar. Inoltre – e questo è il punto fondamentale –, anche dopo la soppressione del «Daily Worker», i suoi redattori sono autorizzati a sollevare un polverone pubblico, a rilasciare dichiarazioni in propria difesa, a promuovere interrogazioni in parlamento e a ottenere il sostegno di benintenzionati di diversi orientamenti politici. La «liquidazione» rapida e definitiva, che in una decina di altri paesi sarebbe scontata, non solo non avviene, ma quasi a nessuno viene in mente che possa anche solo avvenire.

Non è particolarmente significativo che i fascisti e i comunisti britannici abbiano opinioni pro Hitler; ciò che è significativo è che osano esprimerli. Così facendo, ammettono tacitamente che le libertà democratiche *non* sono esattamente una farsa. Durante gli anni 1929-34 tutti i comunisti ortodossi erano convinti che il «socialfascismo» (cioè il socialismo) fosse il vero nemico dei lavoratori e che la democrazia capitalista non fosse in alcun modo preferibile al fascismo. Eppure, quando Hitler è salito al potere, decine di migliaia di comunisti tedeschi – che ancora professavano la stessa dottrina, abbandonata solo qualche tempo dopo – sono fuggiti in Francia, Svizzera, Inghilterra, Stati Uniti o in qualsiasi altro paese democratico che li accogliesse. Con le azioni, hanno cioè smentito le loro parole; hanno «votato con i piedi», per citare Lenin. Ed è qui che ci s'imbatte nella risorsa più preziosa che la democrazia capitalista ha da mostrare. È il senso di sicurezza di cui godono, al confronto, i cittadini dei paesi democratici, la consapevolezza di poter parlare di politica con un amico senza temere un orecchio della Gestapo incollato al buco della serratura, la convinzione che «loro» non possono punirvi a meno che non abbiate infranto la legge, la convinzione che la legge sia al di sopra dello stato. Non importa che questa convinzione sia in parte illusoria, com'è in realtà, naturalmente. Perché un'illusione diffusa, capace di influenzare il comportamento pubblico, costituisce di per sé un fatto importante. Immaginiamo che il governo britannico – quello attuale o uno in futuro – decida di dare seguito alla soppressione del «Daily Worker» annientando completamente il Partito comunista, com'è avvenuto in Italia e in Germania. Molto probabilmente, troverebbe il compito impossibile. Perché una persecuzione politica di quel tipo può essere attuata solo da una vera e propria Gestapo, che in Inghilterra non esiste e, al momento, non sarebbe possibile mettere in piedi. Il clima sociale è troppo contrario e non si troverebbe abbastanza personale disposto a collaborare. I pacifisti che ci assicurano che se combattiamo contro il fascismo «diventeremo fascisti» dimenticano che ogni sistema politico dev'essere gestito da umani e che gli umani sono influenzati dal loro passato. L'Inghilterra potrebbe anche subire parecchi cambiamenti degenerativi a seguito della guerra, ma non potrà, se non forse attraverso la conquista, trasformarsi in una replica della Germania nazista. Potrebbe tendere verso una sorta di austrofascismo, ma non verso un fascismo di tipo positivo, rivoluzionario, maligno. Manca il materiale umano necessario: lo dobbiamo in gran parte a tre secoli di sicurezza e al fatto di non aver perso l'ultima guerra.

Ma non sto suggerendo che la «libertà» a cui si riferiscono gli editoriali del «Daily Worker» sia l'unica cosa per cui valga la pena di combattere. La democrazia capitalista non è sufficiente di per sé, e soprattutto non può essere salvata a meno che non si trasformi in qualcos'altro. I nostri statisti conservatori, con le loro menti ristrette, probabilmente sperano e credono che l'esito di una vittoria britannica sarà semplicemente un ritorno al passato: un nuovo trattato di Versailles, e poi la ripresa di una vita economica «normale», con milioni di disoccupati, la caccia ai cervi nelle brughiere scozzesi, la partita tra Eton e Harrow l'11 luglio e via dicendo. I teorici pacifisti dell'estrema sinistra temono o dichiarano di temere la stessa cosa. Ma è una concezione statica che non riesce, ancora oggi, a cogliere la potenza di ciò contro cui stiamo lottando. Il nazismo potrà essere o meno un travestimento del capitalismo monopolistico, ma in ogni caso non è capitalistico nel senso che si attribuiva al termine nel XIX secolo. È retto dalla spada e non dal libretto degli assegni. È un'economia centralizzata, ottimizzata per la guerra e in grado di utilizzare al massimo la manodopera e le materie prime di cui dispone. Uno stato capitalista vecchio stile, con tutte le forze interne che spingono in direzioni diverse, con gli armamenti smantellati per amore dei profitti, con idioti incompetenti che ricoprono posizioni di alto rango per diritto di nascita e con attriti costanti tra le diverse classi, non può competere con un sistema del genere. Se la campagna del Fronte popolare avesse avuto successo e l'Inghilterra si fosse unita due o tre anni fa alla Francia e all'URSS in una guerra preventiva – o in una minaccia di guerra – contro la Germania, il capitalismo britannico avrebbe forse potuto ricavare una nuova prospettiva di vita. Ma questo non è avvenuto, e Hitler ha avuto il tempo di armarsi a tutto spiano e di dividere i suoi nemici. L'Inghilterra dovrà combattere da sola almeno per un altro anno, e con enormi difficoltà. A nostro vantaggio rimangono, in primo luogo, la forza navale, e il fatto di poter contare, a lungo termine, su risorse molto maggiori, a patto di poterle usare. Ma potremo usarle solo trasformando il nostro sistema sociale ed economico da cima a fondo. La produttività del lavoro, il morale del fronte interno, l'atteggiamento nei nostri confronti delle genti di colore e delle popolazioni europee assoggettate, tutto dipende in ultima analisi dalla nostra capacità di smentire l'accusa di Goebbels secondo cui l'Inghilterra è semplicemente una plutocrazia egoista che lotta per mantenere lo *status quo*. Perché se rimarremo quella plutocrazia – e il quadro tratteggiato da Goebbels non è *del tutto* falso – andremo incontro alla sconfitta. Se dovessi scegliere tra l'Inghilterra di Chamberlain e il tipo di regime che intende imporci Hitler, sceglierei la prima opzione senza esitare un solo istante. Ma l'alternativa, in realtà, non esiste. In parole povere, la scelta è tra il socialismo e la sconfitta. Dobbiamo andare avanti o perire.

L'estate scorsa, quando la situazione dell'Inghilterra era con ogni evidenza più disperata di quanto lo sia adesso, c'era una consapevolezza diffusa di questo fatto. Se l'umore dei mesi estivi si è dissolto, è in parte perché le cose sono andate meno disastrosamente di come la maggior parte delle persone temesse allora, ma anche perché non esistevano partiti politici, giornali o individui di spicco che rappresentassero e incanalassero il malcontento generale. Non c'era nessuno in grado di spiegare – in maniera tale da farsi ascoltare – come mai ci trovassimo in quel pasticcio e quale fosse la via d'uscita. A compattare la nazione è stato Churchill, un uomo geniale e coraggioso, ma un patriota del tipo più limitato e tradizionale. Di fatto, Churchill si è semplicemente limitato a dire: «Combattiamo per l'Inghilterra» e la gente gli è subito andata dietro. Qualcuno avrebbe potuto spronarla allo stesso modo dicendo: «Combattiamo per il socialismo»? Quella gente sapeva di essere stata tradita, sapeva che il sistema sociale vigente era completamente sbagliato e che voleva qualcosa di diverso: ma questo qualcosa era davvero il socialismo? E a ogni modo: cos'è veramente il socialismo? Ancora oggi, per la massa degli inglesi questa parola ha solo un significato vago; e, di certo, nessun fascino emotivo. Non ci sarebbe un numero di uomini disposti a morire per il socialismo paragonabile a quanti non esiterebbero a sacrificarsi per il re e la patria. Per quanto si possa ammirare Churchill – e personalmente l'ho sempre ammirato come uomo e come scrittore, pur non apprezzando le sue politiche – e per quanto si possa provare gratitudine per ciò che ha fatto l'estate scorsa, non è forse una critica spaventosa al movimento socialista inglese il fatto che in questo momento, nel pieno del disastro, il popolo cerchi ancora la guida di un conservatore?

Ciò che manca da sempre all'Inghilterra è un partito socialista che faccia sul serio e tenga conto delle realtà contemporanee. Qualunque sia il programma proposto dal Partito laburista, negli ultimi dieci anni è stato difficile credere che i suoi leader si aspettassero o addirittura desiderassero vedere un cambiamento fondamentale prendere forma nell'arco della loro vita. Di conseguenza, il sentimento rivoluzionario che esisteva nel movimento di sinistra si è disperso in diversi vicoli ciechi, il più importante dei quali era proprio quello comunista. Nell'Europa occidentale, il comunismo è stato una causa persa fin dall'inizio, e i partiti comunisti dei vari paesi sono presto degenerati in meri agenti pubblicitari del regime russo. In questa situazione sono stati costretti non solo a mutare le loro opinioni fondamentali a ogni cambio di rotta della politica russa, ma anche a insultare ogni istinto e ogni tradizione del popolo che stavano cercando di guidare. Dopo una guerra civile, due carestie e una purga, la loro patria adottiva si era trasformata in un governo oligarchico, in una rigida censura delle idee e nel culto servile di un Führer. Invece di sottolineare che la Russia era un paese arretrato da cui potevamo imparare qualcosa ma che non potevamo certo imitare, i comunisti erano costretti a fingere che le purghe, le «liquidazioni» eccetera fossero sintomi salutari che ogni persona sana di mente avrebbe voluto vedere in Inghilterra. Ovviamente, quanti potevano provare attrazione per una dottrina simile, e rimanervi fedeli dopo averne compreso la natura, tendevano a essere tipi nevrotici o maligni, gente affascinata dallo spettacolo di una crudeltà messa in pratica con efficienza. In Inghilterra non sono riusciti a procurarsi un seguito stabile. Ma potevano essere, e tuttora rimangono, un pericolo, per il semplice motivo che non esiste nessun altro gruppo di persone che si definisce rivoluzionario. Se siete scontenti, se volete rovesciare il sistema sociale esistente con la forza e se per farlo intendete entrare nel partito politico che si prefigge questo scopo, allora dovete associarvi ai comunisti: non ci sono alternative, in effetti. Non raggiungeranno i propri obiettivi, ma potrebbero raggiungere quelli di Hitler. Non è concepibile pensare, per esempio, che la cosiddetta People's Convention possa conquistare il potere in Inghilterra; tuttavia, potrebbe diffondere abbastanza disfattismo da aiutare in maniera significativa Hitler in un momento così critico. E tra la People's Convention da un lato e il patriottismo del tipo «il mio paese, giusto o sbagliato che sia» dall'altro non esiste al momento una politica attuabile.

Quando emergerà – dovrà emergere, se non vogliamo essere sconfitti, e le sue basi sono già presenti nelle conversazioni in un milione di pub e rifugi antiaerei –, il vero movimento socialista inglese supererà le divisioni di partito. Sarà rivoluzionario e democratico al tempo stesso. Mirerà ai cambiamenti più essenziali e sarà perfettamente disposto a usare la violenza, se necessario. Ma riconoscerà altresì che non tutte le culture sono uguali, che i sentimenti e le tradizioni nazionali vanno rispettati se si vuole che le rivoluzioni non falliscano, che l'Inghilterra non è la Russia (né la Cina o l'India). Sarà in grado di capire che la democrazia britannica *non* è una farsa in tutto e per tutto, così come *non* è una semplice «sovrastruttura», ma che, al contrario, è qualcosa di estremamente prezioso che bisogna preservare ed estendere; qualcosa che, soprattutto, non bisogna oltraggiare. Ecco perché ho cercato di rispondere in maniera così dettagliata alle consuete argomentazioni contro la democrazia «borghese». La democrazia borghese non basta, ma è molto meglio del fascismo, e opporvisi significa tagliare il ramo su cui si è seduti. La gente comune lo sa, anche se gli intellettuali sembrano ignorarlo, aggrappandosi saldamente all'«illusione» della democrazia e alla concezione occidentale di onestà e di comune decoro. È inutile appellarsi a loro in termini di «realismo» e di politica di potere, predicando le dottrine di

Machiavelli nel gergo di Lawrence e Wishart.[2] Il massimo che si può ottenere è il genere di confusione auspicato da Hitler. Qualsiasi movimento in grado di compattare la massa del popolo inglese deve avere come punti fondamentali i valori democratici che il marxista dottrinario liquida come «illusione» o «sovrastruttura». Produrrà una versione del socialismo più o meno in accordo con il proprio passato, oppure verrà conquistato dall'esterno, con risultati imprevedibili ma certamente orribili. Chiunque cerchi di minare la fede nella democrazia, di sgretolare il codice morale che deriva da secoli di protestantesimo e dalla Rivoluzione francese, non sta apparecchiano il potere per sé stesso, ma potrebbe apparecchiarlo per

[2] Casa editrice britannica nata nel 1936 dalla fusione di Martin Lawrence, la casa editrice del Partito comunista, e Wishart Ltd, casa editrice di sinistra e antifascista fondata da Ernest Wishart.

Hitler: un processo che abbiamo visto ripetersi così spesso, in Europa, che fraintenderne la natura non è più scusabile.

(«The Left News», febbraio 1941)

LETTERATURA E TOTALITARISMO

In queste conversazioni settimanali ho parlato di critica ma, tutto sommato, possiamo dire che la critica non rientra nel filone principale della letteratura. Una letteratura vitale può esistere anche là dove la critica e lo spirito critico sono quasi assenti, come avveniva nell'Inghilterra del XIX secolo. Ma c'è una ragione per cui, in questo particolare momento storico, non è possibile ignorare le problematiche che comporta una critica seria. All'inizio del mio primo intervento ho detto che questa non è un'età capace di critica. È un'epoca di faziosità e non di distacco, un'epoca in cui è particolarmente difficile scorgere i meriti letterari in un libro di cui non si condividono le conclusioni. La politica

– nella sua accezione più generica – ha invaso la letteratura in una misura che si discosta dalla norma, e questo ha riportato alla nostra attenzione l'eterno dissidio tra individuo e comunità. È quando si considera la difficoltà di scrivere una critica onesta e imparziale in un'epoca come la nostra che si comincia a cogliere la natura della minaccia che, in un prossimo futuro, incombe sulla letteratura nel suo insieme.

Viviamo in un'epoca in cui l'individuo autonomo sta cessando di esistere. O forse sarebbe meglio dire: in cui l'individuo sta perdendo l'illusione di essere autonomo. Ora, in tutto ciò che diciamo sulla letteratura e (soprattutto) in tutto ciò che diciamo sulla critica, diamo istintivamente per scontato l'individuo autonomo. L'intera letteratura europea moderna – mi riferisco agli ultimi quattrocento anni – si basa sul concetto di onestà intellettuale o, se preferite, sulla massima di Shakespeare: «Sii fedele a te stesso». La prima cosa che chiediamo a uno scrittore è che non racconti bugie, che dica quello che pensa veramente, quello che sente veramente. La cosa peggiore che possiamo dire di un'opera d'arte è che non è sincera. E questo è ancora più vero per la critica che per la letteratura creativa, nella quale una buona quantità di manierismi e ostentazione, e persino una determinata quantità di raggiri, non ha importanza, fintanto che lo scrittore conserva una certa sincerità di fondo. La letteratura moderna è essenzialmente una questione individuale. O è l'espressione veritiera di ciò che un uomo pensa e sente, oppure non è.

Come ho già detto, benché diamo questo concetto per scontato, non appena lo esprimiamo a parole ci rendiamo conto di quanto la letteratura sia minacciata. Perché questa è l'epoca dello stato totalitario, che non concede e che, probabilmente, non può concedere alcuna libertà all'individuo. Quando si chiama in causa il totalitarismo, si pensa subito alla Germania, alla Russia o all'Italia, ma ritengo si debba contemplare il rischio che il fenomeno diventi mondiale. È evidente che il periodo del capitalismo libero volge ormai al termine e che tutti i paesi, uno dopo l'altro, stanno adottando un'economia centralizzata che potremmo definire socialismo o capitalismo di stato, a seconda delle preferenze. Con questo finisce anche la libertà economica dell'individuo e, in larga misura, la sua libertà di fare ciò che vuole, di scegliere il proprio lavoro e di spostarsi a piacimento. Fino a poco tempo fa non erano state previste le implicazioni di questo fatto. Si faticava a comprendere che la scomparsa della libertà economica avrebbe avuto ricadute sulla libertà intellettuale. Il socialismo veniva solitamente considerato come una sorta di liberalismo moralizzato. Lo stato doveva prendersi carico della vostra vita economica e liberarvi dalla paura della povertà, della disoccupazione e così via, ma non aveva bisogno di interferire con il privato della vostra vita intellettuale. L'arte poteva prosperare proprio come nell'era del capitalismo liberale, se non di più, dato che l'artista non era più soggetto a costrizioni economiche.

Ora, sulla base delle evidenze, bisogna ammettere che queste idee sono state smentite. Il totalitarismo ha abolito la libertà di pensiero in una misura mai vista in epoche precedenti. Ed è importante comprendere che il controllo che esercita sul pensiero non è soltanto negativo, ma anche positivo. Non solo ti proibisce di esprimere – o persino di *formulare* – certi pensieri, ma decide cosa *devi* pensare, crea un'ideologia per te, tenta di governare la tua vita emotiva e di stabilire un codice di condotta. Inoltre, per quanto possibile, ti isola dal mondo esterno, rinchiudendoti in un universo artificiale in cui non hai termini di paragone. A ogni buon conto, lo stato totalitario tenta di controllare i pensieri e le emozioni dei propri sudditi almeno tanto quanto (se non di più) ne controlla le azioni.

Qui la domanda fondamentale è: può la letteratura sopravvivere in un simile contesto? La risposta secca, a mio modo di vedere, è: no. Se il totalitarismo diventa un fenomeno mondiale e permanente, ciò che conosciamo come letteratura non può che cessare. E non basterà affermare – come potrebbe sembrare plausibile, a prima vista – che a cessare sarà solo la letteratura dell'Europa postrinascimentale.

Credo che il tentativo dello stato moderno di controllare la vita emotiva dell'individuo rappresenti una minaccia per la letteratura di ogni genere, dal poema epico al saggio critico. Coloro che negano questo fatto, solitamente, avanzano due argomentazioni. La prima è che la cosiddetta libertà di cui si è goduto negli ultimi secoli non era che un riflesso dell'anarchia economica e, in ogni caso, largamente illusoria. Dopo di che, sottolineano come tanta buona letteratura, migliore di quella che siamo in grado di produrre oggi, sia figlia di epoche in cui il pensiero non era certo più libero di quanto lo sia attualmente in Germania o in Russia. Ora, questo è vero fino a un certo punto. È vero, per esempio, che la letteratura ha potuto esistere nell'Europa medievale, quando il pensiero era sottoposto a un rigido controllo – per mano della chiesa, principalmente – e la pur minima eresia poteva significare il rogo. Ma il controllo dogmatico della chiesa non ha impedito a Chaucer di scrivere i *Racconti di Canterbury*, per esempio. È anche vero che, nel Medioevo, la letteratura e l'arte in generale erano meno individuali e più comunitarie rispetto a oggi. Tanto per fare un esempio, non è possibile attribuire le ballate inglesi a singoli autori specifici. Probabilmente, erano frutto di una produzione collettiva, un fenomeno cui di recente mi è capitato di assistere in Oriente. Evidentemente, la libertà anarchica che ha caratterizzato l'Europa degli ultimi secoli, quella particolare temperie in cui non esistevano criteri fissi di alcun tipo, non è necessaria alla letteratura e, forse, non la avvantaggia nemmeno. È possibile produrre buona letteratura anche all'interno di una cornice di pensiero rigida.

Ma ci sono diverse differenze fondamentali tra il totalitarismo e tutte le ortodossie del passato, sia in Europa sia in Oriente. La più importante è che le ortodossie del passato *non cambiavano* o, almeno, non rapidamente. Nell'Europa medievale, la chiesa decideva in cosa dovevi credere, ma almeno ti permetteva di mantenere le stesse credenze dalla culla alla tomba. Non ti diceva di credere a una cosa lunedì e a un'altra martedì. E lo stesso vale più o meno per qualsiasi cristiano, indù, buddhista o musulmano ortodosso, oggi. I suoi pensieri vengono in un certo senso circoscritti, ma lui trascorrerà l'intera esistenza all'interno della stessa struttura di pensiero. Le sue emozioni non vengono manipolate.

Con il totalitarismo, invece, è vero l'esatto contrario. La peculiarità dello stato totalitario è che, pur controllando il pensiero, non lo fissa: stabilisce dogmi indiscutibili ma li modifica di giorno in giorno. Ha bisogno dei dogmi perché ha bisogno di un'obbedienza cieca da parte dei sudditi, ma non può evitare i cambiamenti, che sono dettati dalle esigenze della politica autoritaria. Si dichiara infallibile ma contemporaneamente attento al concetto stesso di verità oggettiva. Per fare un esempio crudo ed evidente: fino al settembre del 1939, ogni tedesco ha dovuto considerare il bolscevismo russo con orrore e avversione, e con ammirazione e affetto a partire da quella data. Se Russia e Germania dovessero entrare in guerra, cosa che potrebbe benissimo accadere nei prossimi anni, dovrà verificarsi un altro cambiamento altrettanto violento. Si pretende che, se necessario, la vita emotiva di un tedesco, i suoi amori e le sue idiosincrasie, si ribaltino da un giorno all'altro. Non serve certo sottolineare l'effetto di questo genere di cose sulla letteratura. La scrittura è in gran parte legata alla capacità di *sentire*, cosa che non sempre può essere controllata dall'esterno. È facile aderire a parole all'ortodossia del momento, ma scritti di una qualche rilevanza prendono forma solo quando l'autore *sente* la verità di ciò che afferma; senza, viene a mancare l'impulso creativo. Le evidenze di cui disponiamo suggeriscono che gli improvvisi mutamenti emotivi che il totalitarismo richiede ai suoi adepti sono psicologicamente insostenibili. E questo è il motivo principale che mi spinge a sostenere che se il totalitarismo dovesse trionfare in tutto il mondo, la letteratura, così come la conosciamo, è destinata a sparire. Di fatto, finora il totalitarismo sembra aver sortito questo effetto. In Italia la letteratura è rimasta azzoppata e in Germania sembra quasi defunta. L'attività che meglio caratterizza i nazisti è mettere i libri al rogo. Anche in Russia, la tanto attesa rinascita letteraria non è avvenuta, e gli scrittori russi più promettenti mostrano una spiccata tendenza a togliersi la vita o a sparire in qualche prigione.

In precedenza ho affermato che il capitalismo liberale è evidentemente prossimo al capolinea, e quindi potrebbe sembrare che anche la libertà di pensiero sia inevitabilmente spacciata. Ma non credo sia così, e in conclusione dirò semplicemente che, a mio parere, la speranza di sopravvivenza della letteratura risiede in quei paesi in cui il liberalismo ha radici più profonde, i paesi non militarizzati, l'Europa occidentale e le Americhe, l'India e la Cina. Credo che – ma forse non è più di una pia illusione – benché sia destinata ad affermarsi una forma di economia collettivizzata, questi paesi sapranno sviluppare una forma di socialismo non totalitaria in cui la libertà di pensiero possa sopravvivere alla scomparsa dell'individualismo economico. Questa, in tutti i casi, è l'unica speranza a cui può aggrapparsi chiunque abbia a cuore la letteratura. Chiunque percepisca il valore della letteratura, chiunque colga il ruolo fondamentale che gioca nello sviluppo della storia umana, deve anche comprendere che la necessità di resistere al totalitarismo, non importa se imposto dall'esterno o dall'interno, è questione di vita o di morte.

(Intervento trasmesso dalla BBC Radio il 21 maggio 1941)

UN MONDO DA INCUBO

La guerra per il potere tra i partiti repubblicani spagnoli è una vicenda infelice e distante che, al presente, non desidero riesumare. Se la chiamo in causa è solo per dirvi di non credere a niente, o quasi, di ciò che riportano gli organi di governo circa gli affari interni. Qualunque sia la fonte, si tratta solo di propaganda di partito; ovvero, di menzogne. La verità sulla guerra è abbastanza semplice, nel suo complesso. La borghesia spagnola ha intravisto la possibilità di schiacciare il movimento operaio e, con il sostegno dei nazisti e delle forze reazionarie di tutto il mondo, l'ha colta. Dubito che un domani si possa accertare qualcosa di più.

Ricordo di aver detto una volta ad

Arthur Koestler: «La storia si è fermata nel 1936» e che, a queste mie parole, lui ha annuito all'istante. Pensavamo entrambi al totalitarismo in generale ma, più in particolare, alla guerra civile spagnola. Da giovane mi ero già accorto di come nessun fatto venga mai riportato correttamente su un giornale, ma in Spagna, per la prima volta, ho letto articoli che non avevano alcuna relazione con i fatti, nemmeno quella implicita in una comune menzogna. Ho letto di grandi battaglie riportate in luoghi in cui non c'erano stati scontri e ho visto passare sotto il silenzio più assoluto località in cui avevano trovato la morte centinaia di uomini. Ho visto soldati denunciati per codardia e tradimento dopo essersi battuti con coraggio e altri acclamati come eroi di vittorie immaginarie senza aver mai sparato un colpo, e ho visto i giornali di Londra diffondere queste bugie e zelanti intellettuali fabbricare sovrastrutture emotive su eventi mai accaduti. Ho visto, di fatto, la storia scritta non nei termini di ciò che era accaduto ma di ciò che sarebbe dovuto accadere secondo le varie «linee del partito». Eppure, in un certo senso, per quanto orribile fosse, tutto questo era irrilevante. Riguardava questioni secondarie, vale a dire la lotta per il potere tra il Comintern e i partiti di sinistra spagnoli, e i tentativi da parte del governo russo di scongiurare la rivoluzione in Spagna. Ma il quadro generale della guerra che il governo spagnolo presentava al mondo non era menzognero. Le questioni principali erano quelle che metteva sul tavolo. Quanto ai fascisti e ai loro sostenitori, invece: come potevano avvicinarsi allo stesso modo alla verità? Come potevano indicare i loro veri obiettivi? La loro versione della guerra era pura fantasia e, date le circostanze, non avrebbe potuto essere altrimenti.

L'unica linea di propaganda aperta ai nazisti e ai fascisti era quella di rappresentarsi come patrioti cristiani impegnati a salvare la Spagna da una dittatura sovietica. Ciò implicava fingere che la vita, sotto il governo spagnolo, non fosse che un massacro costante (si vedano il «Catholic Herald» o il «Daily Mail», anche se questi erano roba da principianti, rispetto alla stampa fascista continentale), e comportava un'esagerazione fuori scala della portata dell'intervento russo. Lasciatemi trarre soltanto un esempio dall'enorme piramide di menzogne eretta dalla stampa cattolica e reazionaria di tutto il mondo: la presenza di un esercito russo in territorio spagnolo. Era un qualcosa a cui credevano tutti i devoti partigiani di Franco, arrivando a stimarne le forze anche in mezzo milione di uomini. Ora, non c'era nessun esercito russo in Spagna. Potrebbero esserci stati una manciata di aviatori e qualche tecnico, un paio di centinaia di persone al massimo, ma non un esercito. Ne sono testimoni le migliaia di stranieri che in Spagna ci hanno combattuto, per non parlare dei milioni di spagnoli stessi. Ebbene, la loro testimonianza non ha destato alcuna impressione sui propagandisti franchisti, nessuno dei quali aveva mai messo piede nella porzione di Spagna sotto il controllo del governo repubblicano. Al tempo stesso, queste persone rifiutavano categoricamente di ammettere la veridicità dell'intervento tedesco o italiano, là dove la stampa tedesca e italiana celebravano apertamente le imprese dei loro «legionari». Ho scelto di accennare a un solo punto ma, di fatto, l'intera propaganda fascista sulla guerra si attestava su questo livello.

Cose di questo genere mi spaventano, perché spesso mi danno come la sensazione che il concetto stesso di verità oggettiva si stia estinguendo. Dopo tutto, è probabile che quelle bugie, o perlomeno bugie simili, passino alla storia. Come verrà scritta la storia della guerra di Spagna? Se Franco rimane al potere, saranno i suoi uomini di fiducia a scrivere i libri di storia e (giusto per attenermi al punto di cui sopra) quell'esercito russo che non è mai esistito diventerà un fatto storico che le generazioni future studieranno a scuola. Ma ipotizziamo che in un futuro abbastanza prossimo il fascismo venga finalmente sconfitto e che in Spagna possano ripristinare un qualche tipo di governo democratico; anche in questo caso, come verrà scritta la storia della guerra? Che genere di documenti e testimonianze avrà lasciato Franco? Supponiamo inoltre che i documenti conservati dal governo siano recuperabili: anche in questa evenienza, come si potrebbe scrivere una storia veritiera della guerra? Perché, come ho già evidenziato, anche il governo è ricorso largamente alle menzogne. Dal punto di vista antifascista si potrebbe scrivere una storia della guerra abbastanza veritiera, ma sarebbe comunque una storia di parte, inaffidabile su ciascuna delle questioni minori. Eppure, alla fine, una qualche storia verrà scritta e, una volta morti coloro che ricordano la guerra per averla vissuta, sarà universalmente accettata. Quindi, a ogni fine pratico, la menzogna sarà diventata verità.

So che va di moda affermare che larga parte della storia documentata è comunque una bugia. Sono disposto a credere che la storia sia nella maggior parte dei casi imprecisa e parziale, ma è peculiare della nostra epoca l'abbandono dell'idea che la storia possa essere scritta in modo veritiero. In passato le persone mentivano volutamente o coloravano inconsciamente ciò che scrivevano, oppure ancora lottavano per fare emergere la verità, ben sapendo di commettere molti errori; ma in ogni caso credevano che «i fatti» esistessero e che fossero più o meno rilevabili. E nella pratica c'era sempre una notevole quantità di fatti su cui quasi tutti concordavano. Se fate ricerche sulla storia dell'ultima guerra sull'*Enciclopedia Britannica*, per esempio, scoprirete che una quantità rispettabile del materiale proposto proviene da fonti tedesche. Uno storico britannico e uno storico tedesco sarebbero in profondo disaccordo su molte questioni, anche fondamentali, ma ci sarebbe comunque quell'insieme di fatti, per così dire, neutrali sui quali nessuno dei due metterebbe seriamente in discussione l'altro. Il totalitarismo va a distruggere proprio questa base comune di accordo e l'implicazione che gli esseri umani facciano tutti parte di un'unica specie. La teoria nazista, in effetti, nega espressamente che esista una cosa chiamata «verità». Né esiste, per esempio, una cosa come la «scienza». Esiste solo la «scienza tedesca», la «scienza ebraica» e via dicendo. Il fine implicito di questa linea di pensiero è un mondo da incubo in cui il Leader, o una qualche cricca dominante, controlla non solo il futuro ma anche il passato. Se il Leader dice di un certo evento: «Non è mai successo», be', allora non è mai successo. Se dice che due più due fa cinque, be', allora due più due fa cinque. Una simile prospettiva mi atterrisce molto più delle bombe; e, dopo le esperienze degli ultimi anni, non è un'affermazione frivola.

Ma è forse infantile o morboso terrorizzarsi formulando visioni di un futuro totalitario? Prima di liquidare il mondo totalitario come un incubo che non potrà mai concretizzarsi, pensate soltanto che nel 1925 il mondo di oggi sarebbe parso un incubo che non poteva certo diventare realtà. Contro quel mondo fantasmagorico e mutevole in cui il nero può diventare bianco domani e il tempo di ieri può essere modificato per decreto, ci sono solo due garanzie, in realtà. La prima è che, per quanto la si neghi, la verità continua a esistere, per così dire, alle nostre spalle, e di conseguenza non possiamo violarla in un modo che rischi di compromettere l'efficienza militare. L'altra è che finché alcune zone della terra sfuggono alla conquista, è possibile tenere in vita la tradizione liberale. Lasciate che il fascismo, o anche una combinazione di più fascismi, conquisti il mondo intero, e queste due condizioni verranno meno. In Inghilterra sottovalutiamo il pericolo di questo genere di cose, perché le nostre tradizioni e la sicurezza di cui abbiamo goduto in passato ci hanno insufflato la convinzione sentimentale che alla fine tutto si risolverà e che ciò che più temiamo non accadrà mai veramente. Nutriti per centinaia di anni di una letteratura in cui il Bene trionfa invariabilmente nell'ultimo capitolo, siamo portati a credere, in maniera quasi istintiva, che alla lunga il male finisca sempre per sconfiggere sé stesso. Il pacifismo, per esempio, poggia in gran parte su questa convinzione: non opporre resistenza al male e questo, in qualche modo, si distruggerà da solo. Ma perché dovrebbe? Quali prove ci sono che lo faccia davvero? E quali esempi abbiamo di moderni stati industrializzati che crollano senza essere stati conquistati dall'esterno con la forza militare?

Considerate per esempio la reintroduzione della schiavitù. Chi avrebbe potuto immaginare vent'anni fa che la schiavitù sarebbe tornata in Europa?

Eppure, la schiavitù è stata restaurata sotto i nostri occhi. I campi di lavoro forzato in tutta Europa e nel Nord Africa dove polacchi, russi, ebrei e prigionieri politici di ogni razza faticano per costruire strade o prosciugare paludi in cambio di magre razioni, sono pura e semplice schiavitù. Il massimo che si può dire è che la compravendita di schiavi da parte di privati non è ancora permessa. Sotto altri punti di vista – quanto alla disgregazione delle famiglie, per esempio –, le condizioni sono probabilmente peggiori di quelle che caratterizzavano le piantagioni di cotone americane. Non c'è motivo di pensare che questo stato di cose cambierà finché persisterà un qualsiasi dominio totalitario. Non ne cogliamo tutte le implicazioni, perché nel nostro misticismo sentiamo che un regime fondato sulla schiavitù è destinato a collassare. Ma è il caso di confrontare la durata degli imperi schiavisti dell'antichità con quella di qualsiasi stato moderno. Le civiltà fondate sulla schiavitù hanno prosperato per periodi lunghi anche quattromila anni.

Quando penso all'antichità, il dettaglio che mi spaventa è che tutti quegli schiavi – centinaia di milioni – sulle cui spalle poggiava la civiltà, generazione dopo generazione, non hanno lasciato alcuna traccia dietro di sé. Non conosciamo nemmeno i loro nomi. In tutta la storia greca e romana, quanti nomi di schiavi conoscete? Me ne vengono in mente due, forse tre. Uno è Spartaco e l'altro Epitteto. Inoltre, nella sala romana del British Museum c'è un vaso di vetro con il nome del fabbricante inciso sul fondo: «*Felix fecit*». Ho una vivida immagine mentale del povero Felix (un gallo con i capelli rossi e un collare di metallo al collo), ma in realtà potrebbe non essere stato uno schiavo; quindi, sono soltanto due gli schiavi di cui conosco i nomi con certezza, e pochi, probabilmente, sono in grado di ricordarne di più. Tutti gli altri sono caduti nell'oblio più assoluto.

(Dal saggio *Looking Back on the Spanish War*, 1942 ca.; il titolo del brano antologizzato è redazionale)

RECENSIONE DI *MEIN KAMPF* DI ADOLF HITLER

È un segno della velocità con cui si muovono gli eventi che l'edizione integrale del *Mein Kampf* di Hurst e Blackett, pubblicata solo un anno fa, venga revisionata in un'ottica favorevole a Hitler. L'intento evidente della prefazione e delle note del traduttore è quello di attenuare la ferocia del libro e di proporre Hitler sotto la luce più benevola possibile. Perché in quel momento Hitler era ancora considerato rispettabile. Aveva schiacciato il movimento operaio tedesco e, per questo, le classi possidenti erano propense a perdonargli quasi tutto. Destra e sinistra concordavano sull'idea, alquanto superficiale, che il nazionalsocialismo fosse semplicemente una variante del conservatorismo.

Ma all'improvviso è emerso che, dopo tutto, Hitler non era poi così rispettabile. Di conseguenza, l'edizione di Hurst e Blackett è stata ristampata con una nuova copertina in cui si spiegava che tutti i profitti sarebbero stati devoluti alla Croce Rossa.

Tuttavia, basandosi meramente sull'evidenza interna del *Mein Kampf*, è difficile credere che gli obiettivi e le opinioni di Hitler siano cambiate davvero. Confrontando le sue dichiarazioni di un anno fa con quelle di quindici anni prima, ciò che colpisce è la sua rigidità mentale, l'assenza di un qualsiasi sviluppo nella sua visione del mondo. È la visione inamovibile di un monomaniaco che difficilmente si farà influenzare dalle manovre temporanee della politica autoritaria. Con ogni probabilità, nella mente di Hitler, il patto russo-tedesco non rappresenta altro che una modifica alla tabella di marcia. Il piano delineato nel *Mein Kampf* prevedeva di distruggere la Russia, prima, con l'intenzione implicita di annientare l'Inghilterra in un secondo momento. Ora, però, poiché la Russia si è rivelata più facilmente corruttibile, sembra sia necessario affrontare per prima l'Inghilterra. Ma una volta fuori dai giochi l'Inghilterra, verrà anche il turno della Russia: non ci sono dubbi sul fatto che Hitler la veda in questo modo. Che poi le cose vadano realmente così, è tutta un'altra storia.

Supponiamo che Hitler riesca a realizzare il suo piano. Nei suoi progetti, di qui a un secolo, c'è uno stato di 250 milioni di tedeschi con tanto «spazio vitale» a disposizione (vale a dire, un territorio esteso senza interruzione di continuità fino all'Afghanistan o giù di lì), un orribile impero senza cervello in cui, di fatto, non ci sarebbe altro che l'addestramento continuo dei giovani alla guerra, così che non manchi mai nuova carne da cannone. Ma com'è riuscito a far passare una visione tanto mostruosa? È semplicistico asserire che a un certo punto della sua carriera è stato finanziato dai magnati dell'industria pesante, i quali vedevano in lui l'uomo capace di annientare socialisti e comunisti. Costoro, infatti, non lo avrebbero sostenuto se non avesse già dato vita a un grande movimento. Inoltre, la situazione in Germania, considerati i sette milioni di disoccupati, era ovviamente propizia ai demagoghi. Ma Hitler non avrebbe potuto avere la meglio sui numerosi rivali se non fosse stato per l'attrazione esercitata dalla sua personalità, un'attrazione che si percepisce anche nella scrittura goffa del *Mein Kampf* e che senza dubbio risulta travolgente quando si ascoltano i suoi discorsi... Il fatto è che c'è qualcosa di profondamente magnetico, in lui. Lo si avverte anche guardando le sue fotografie, e suggerisco soprattutto quella inserita all'inizio dell'edizione di Hurst e Blackett, che mostra Hitler nei suoi primi giorni da camicia bruna. È un volto patetico, canino, il volto di un uomo che soffre per torti intollerabili. In una modalità un po' più virile, riproduce l'espressione di innumerevoli effigi del Cristo sulla croce, e non c'è dubbio che questa è anche l'immagine che Hitler ha di sé stesso. Sulla causa iniziale e personale del suo risentimento nei confronti dell'universo possiamo fare soltanto ipotesi; in ogni caso, quel risentimento c'è tutto. È il martire, la vittima, Prometeo incatenato alla roccia, l'eroe che combatte da solo, con abnegazione, contro l'impossibile. Se solo uccidesse un topo, potrebbe farlo passare per un drago. Come con Napoleone, si ha la sensazione che stia lottando contro il destino e che *non possa* vincerlo, anche se lo meriterebbe.

L'attrazione di una siffatta posa è enorme, naturalmente; metà dei film in circolazione ruota intorno a temi simili.

Ma Hitler ha colto anche la falsità dell'atteggiamento edonistico nei confronti della vita. Quasi tutto il pensiero occidentale dopo l'ultima guerra, e certamente tutto il pensiero «progressista», ha tacitamente dato per scontato che gli uomini non desiderino altro che una vita comoda, sicura e senza sofferenza. In una simile visione della vita non c'è spazio per il patriottismo e le virtù militari, per esempio. Il socialista che sorprende i figli a giocare con i soldatini di stagno rimane sconvolto, di solito, ma non saprebbe mai come sostituire quei soldatini: i pacifisti di stagno non esercitano un'attrazione paragonabile. Poiché la sua mente cupa percepisce tutto questo con un'intensità fuori dal comune, Hitler sa molto bene, invece, che gli uomini non vogliono soltanto comodità, sicurezza, orari di lavoro ridotti, igiene, controllo delle nascite e, in generale, raziocinio; vogliono anche, almeno di tanto in tanto, lotta e sacrificio, per non parlare di tamburi, bandiere e parate patriottiche. Per quanta validità possano avere come teorie economiche, il fascismo e il nazismo sono psicologicamente molto più solidi di qualsiasi concezione edonistica della vita. Lo stesso vale probabilmente per la versione militarizzata del socialismo di Stalin. Tutti e tre i grandi dittatori hanno accresciuto il loro potere imponendo fardelli intollerabili ai propri popoli. Là dove il socialismo e il capitalismo, benché quest'ultimo con una certa riluttanza, hanno detto alla gente: «Vi offro la possibilità di stare bene», Hitler ha detto invece: «Vi offro lotta, pericolo e morte» e, per tutta risposta, un'intera nazione si è prostrata ai suoi piedi. Forse con il tempo si stancherà e cambierà idea, come alla fine dell'ultima guerra. Dopo qualche anno di massacri e di fame, «La massima felicità per il maggior numero di persone» sarebbe un bello slogan; tuttavia, in questo momento, «Meglio una fine con orrore che un orrore senza fine» va per la maggiore. Ora che stiamo combattendo proprio l'uomo che l'ha coniato, non dovremmo sottovalutarne l'impatto emotivo.

(«New English Weekly», 21 marzo 1940)

RECENSIONE DE *IL GRANDE DITTATORE* DI CHARLIE CHAPLIN

Francia, 1918. Charlie Chaplin, in mimetica grigia ed elmetto d'acciaio tedesco, tira la funicella della Grande Bertha, ruzzolando a terra ogni volta che apre il fuoco. Poco dopo, smarritosi nella cortina di fumo, si ritrova nel mezzo di un assalto tra le file della fanteria americana. Più avanti, è in volo con un ufficiale di stato maggiore ferito, su un aereo che rimane a testa in giù per così tanto tempo da indurlo a domandarsi come mai la catena del suo orologio insista a starsene dritta, rifiutandosi di rientrare nel taschino. Alla fine, caduto dall'aereo in una pozza di fango, perde la memoria e viene rinchiuso in un manicomio per vent'anni, rimanendo completamente all'oscuro di ciò che accade nel mondo esterno.

È a questo punto che il film ha davvero inizio. Hynkel, dittatore della Tomania, che è il sosia di Charlie (Chaplin interpreta entrambi i ruoli), sta dirigendo un'epurazione speciale contro gli ebrei proprio nel momento in cui Charlie, recuperate le facoltà mentali, fugge dal manicomio e fa ritorno alla sua piccola bottega di barbiere nel ghetto. Seguono alcune scene magnifiche di combattimenti contro le truppe d'assalto che non sono meno commoventi (anzi: forse lo sono anche di più) perché la tragedia delle famiglie ebraiche devastate si mescola con quel tipo di umorismo basato su peripezie a suon di secchi di calce e padellate in testa. Ma gli intermezzi farseschi più riusciti sono quelli che si svolgono nel palazzo del Dittatore, soprattutto nelle scene con l'odiato rivale, Napaloni, Dittatore della Batalia (Jack Oakie, in questo ruolo, ha una somiglianza fisica con Mussolini ancora più marcata di quella che Chaplin ha con Hitler). Un momento adorabile è quello in cui Hynkel, a tavola, è così intento a primeggiare su Napaloni che non si accorge di condire le proprie fragole con la senape inglese, invece che con la panna. Sta per avere luogo l'invasione dell'Ostria (Austria) e Charlie, incarcerato per aver opposto resistenza alle truppe d'assalto, evade dal campo di concentramento con un'uniforme rubata proprio nel momento in cui Hynkel si accinge a violare la frontiera. Scambiato per il Dittatore, viene portato nella capitale del paese conquistato in un bagno di folla esultante. Il piccolo barbiere ebreo si ritrova così innalzato su un enorme podio, con file serrate di dignitari nazisti alle spalle e migliaia di soldati sotto di lui, tutti in attesa di ascoltare il suo discorso trionfale.

È il momento clou del film: invece

del discorso che tutti si aspettano, Charlie si lancia in una potente arringa a favore della democrazia, della tolleranza e del comune decoro. È davvero un esempio straordinario di arte oratoria, una traduzione del discorso di Lincoln a Gettysburg nella lingua di Hollywood, uno dei pezzi di propaganda più forti che mi sia capitato di sentire da molto tempo a questa parte. Naturalmente, la scena stona a dir poco con il resto del film, con il quale non presenta alcun nesso se non del tipo che ritroviamo nei sogni, il genere di sogni, per esempio, in cui in un certo momento sei l'imperatore della Cina e l'istante successivo un ghiro. Il filo della narrazione incontra una cesura talmente evidente che dopo quel momento la storia non può più procedere e il film finisce semplicemente per sfumare, lasciandoci con il dubbio: il discorso ha sortito qualche effetto oppure i nazisti in tribuna, scoperto l'impostore, lo giustiziano su due piedi?

Qual è il valore intrinseco di questo film sotto il profilo meramente cinematografico? Il mio parere non sarebbe sincero se non ammettessi che presenta difetti molto evidenti. Pur essendo valido su quasi tutti i livelli, questi livelli sono così numerosi da non renderlo più coerente di una pantomima. Alcune delle prime scene sono una semplice riproposizione del vecchio Chaplin dei cortometraggi di trent'anni fa: bombetta, andatura strascicata e tutto il resto. Alle scene ambientate nel ghetto – pura commedia sentimentale tendente alla farsa – e a quelle tra Hynkel e Napaloni – apertamente *slapstick* – si accompagna un «messaggio» politico decisamente serio. Chaplin sembra non aver mai tratto profitto da certe moderne innovazioni tecniche, tanto che tutti i suoi film paiono procedere a scatti, dando come l'impressione di essere tenuti insieme con lo spago. Eppure, il film non ne risente. Il pubblico smaliziato con cui ho assistito all'anteprima ha riso quasi senza interruzioni ed è rimasto visibilmente toccato dall'arringa finale. Qual è il dono peculiare di Chaplin? È questo suo potere di incarnare una sorta di essenza, di concentrato dell'uomo qualunque, la fede inestirpabile nella dignità che alberga nel cuore della gente comune, almeno in Occidente. Viviamo in un periodo in cui la democrazia arretra quasi ovunque, i superuomini controllano tre quarti del mondo, la libertà viene liquidata da professori untuosi, l'antisemitismo difeso dai pacifisti. Eppure dappertutto, sotto la superficie, l'uomo qualunque si aggrappa con ostinazione alle convinzioni che gli derivano dalla cultura cristiana. L'uomo qualunque è più saggio degli intellettuali proprio come gli animali sono più saggi degli uomini in genere. Qualsiasi intellettuale potrà fornirvi ottime «ragioni» per annientare i sindacati tedeschi e torturare gli ebrei. Tuttavia l'uomo qualunque, che non ha intelletto ma solo istinto e tradizione, sa che «non è giusto». Chiunque non abbia smarrito il proprio senso morale – e l'educazione al marxismo e a dottrine analoghe consiste in gran parte nel distruggere il senso morale – sa che «non è giusto» entrare a passo di marcia nelle case di piccoli e innocui negozianti ebrei e appiccare il fuoco al mobilio. Più che in qualsiasi espediente umoristico, credo, il fascino di Chaplin risiede nella sua capacità di riaffermare il fatto – offuscato dal fascismo e, circostanza certamente ironica, dal socialismo – che *vox populi* è *vox Dei* e che i giganti non sono che parassiti.

Non c'è da meravigliarsi che Hitler, appena salito al potere, abbia bandito i film di Chaplin in Germania! La somiglianza tra i due (quasi gemelli, vale la pena di ricordarlo) risulta grottesca, soprattutto nei movimenti legnosi delle braccia. Né stupisce che scrittori filofascisti come Wyndham Lewis e Roy Campbell si siano sempre scagliati contro Chaplin con un astio così peculiare e velenoso! Dal punto di vista di chi crede nei superuomini, è una vera sciagura che il più grande di tutti sia quasi il sosia di un improbabile trovatello ebreo con la tendenza a inciampare nei secchi di calce. È proprio il genere di coincidenza che andrebbe tenuta nascosta. Per fortuna, però, tenerla nascosta non si può, e il richiamo esercitato dalla politica autoritaria risulterà un po' più intaccato per ogni persona che vedrà questo film.

Se il nostro governo avesse un po' più di immaginazione, finanzierebbe massicciamente *Il grande dittatore* e compirebbe ogni sforzo per introdurne qualche copia in Germania, cosa che non dovrebbe andare al di là dell'umano ingegno. Al momento, il film è in proiezione in tre sale cinematografiche del West End il cui costo del biglietto non è accessibile alla maggior parte delle persone. Tuttavia, per quanto è probabile che riceva un'accoglienza contrastante da parte della critica, non temo smentite nel prevedere il successo nazionale che merita. Oltre allo stesso Chaplin, offrono un'ottima prova di recitazione Jack Oakie, Henry Daniell (nel ruolo di Goebbels), Maurice Moscovitch e una straordinariamente attraente Paulette Goddard.

(«Time and Tide», 21 dicembre 1940)

INDICE

Finito di stampare nel mese di luglio 2024
Rotomail Italia S.p.A. – Vignate (MI)